LOCUS

LOCUS

LOCUS

LOCUS

catch

catch your eyes；catch your heart；catch your mind……

catch 52 新少年力量

作者：郗昀彥

攝影：何經泰

責任編輯：葉亭君

美術編輯：謝富智

法律顧問：全理法律事務所董安丹律師

出版者：大塊文化出版股份有限公司

台北市105南京東路四段25號11樓

www.locuspublishing.com

讀者服務專線：0800-006689

TEL：(02) 87123898　FAX：(02) 87123897

郵撥帳號：18955675　戶名：大塊文化出版股份有限公司

總經銷：大和書報圖書股份有限公司　地址：台北縣三重市大智路139號

TEL：(02) 29818089 (代表號)　FAX：(02) 29883028　29813049

排版：天翼電腦排版印刷有限公司　製版：源耕印刷事業有限公司

初版一刷：2002年 11 月

定價：新台幣 200 元

Printed in Taiwan

新少年力量

文/郗昀彥　攝影/何經泰

胡桃裡的宇宙
陳炳元著
天龍出
哲學概論
人這種動物
碼書
時間地圖
工作與時日
靈魂與物理

「雖然郗昀彥的詩是那麼精確的探索自我，

我看到的卻是他所處的時代和環境，

因為那正是我們下一代的身心要安頓之處。」

——小野

「我特別喜歡郗昀彥取材學校生活部分的詩作，

讀之使我當下輕易穿越時空，

找到那一塊遺失在少年時代的拼圖碎片。」

——朱天心

「詩還沒有寫完，勇敢的人叫醒天亮。」

——許悔之

MAGIC
The Gathering
EXPERT

序

亞特蘭提斯。

一個帝國，一個世界，一個通往夢幻與想像的通道。

在這裡一切都是夢幻，不真實就是真實。

而這本書就是一本現實裡的夢幻，

都是真實的，也都是虛幻的，不管是你、我，還是這本書。

此書獻給我國中的回憶。

目錄

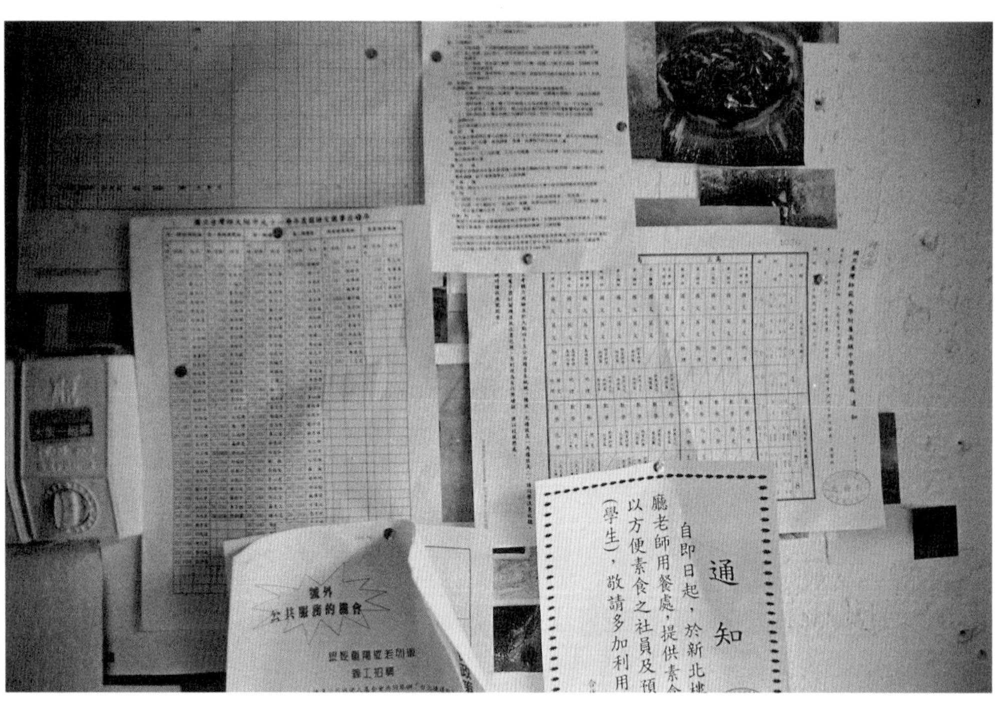
通知
自即日起，於新北
廳老師用餐處，提供素
以方便素食之社員及預
（學生），敬請多加利用

秘密

那耳語
和鎖上的誓言
成了一群密碼與亂碼
縈繞在耳邊
一遍遍摧殘孤獨的意識

呼吸的瞬間

心思趨近於無
淡淡的，感覺一個個消逝
緩緩睜開眼睛，天上星星繞我運行
胸前的起落
漸微
漸淡
深深吸入一口氣
闔上眼
我存在
我的心，我的肺，我的人生

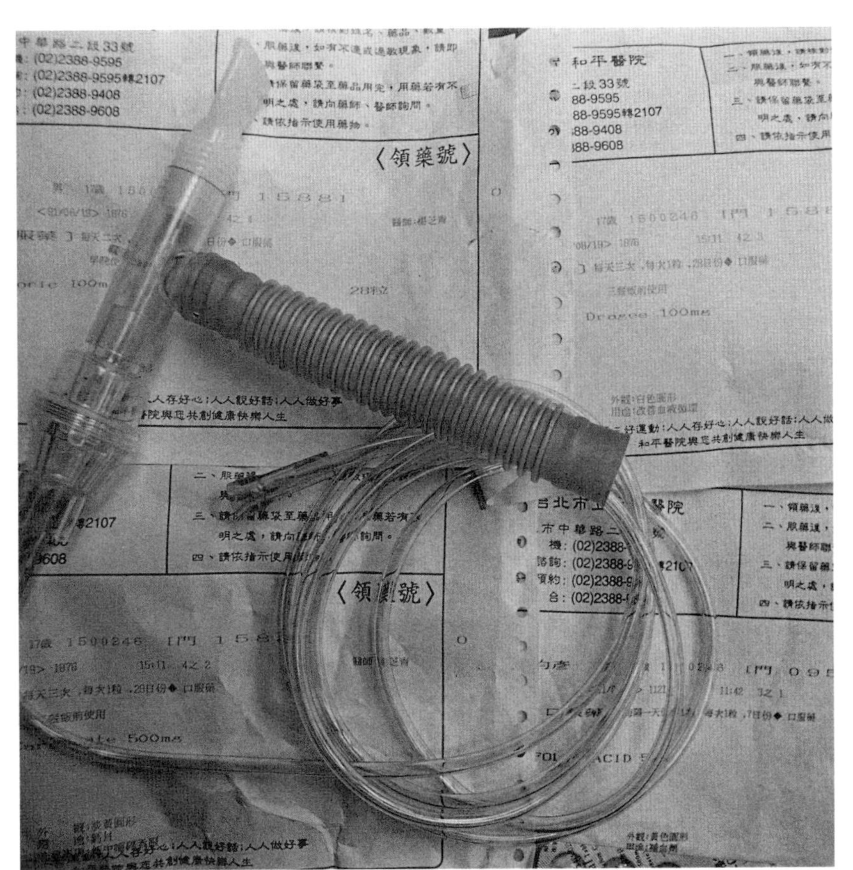

中華路二段33號
(02)2388-9595
(02)2388-9595轉2107
(02)2388-9408
(02)2388-9608
〈領藥號〉
和平醫院
二段33號
88-9595
88-9595轉2107
88-9408
88-9608
Dragee 100mg
和平醫院與您共創健康快樂人生
〈領藥號〉

人生

一個人走在河堤上　喝著養樂多
與空氣交杯　和白雲對飲
剩一空罐　給那滔滔河水好了
空罐在淙淙流水間漂流、浮沈
恍惚間　恍惚間
一個人在風塵中打滾

接觸

慌亂中使用了視覺去摸索
睜開便是一切真實，卻不一定絕對真實
封閉不了的聽覺是那聲音
淡淡的從遠方傳來，陣陣震開心扉
為了生命而創造了嗅覺
穿透肺，以微塵步入體內
味蕾產生幻覺與味覺
從舌上傳來，卻步入心中
將真實與夢幻結合起而成的感覺
甦醒之後覺醒，然後蔓延我的世界

創造

將視覺放在拇指
觸覺溶進食指
聽覺繞中指
嗅覺嗅著無名的無名指
味覺舔過小指
融化感情及感覺，鑄成劍刃
穿刺掌心
那滴出的便是我

英文考

周圍的悶熱是現在的空氣
黃梅的細絲　筆直垂落

紙上最後一行的蚯蚓問
"How is the weather today?"

壓縮的煎熬離開了
也一起慢慢帶走黃梅細絲
炭烤的金黃直通地面
羽毛被中的温暖是現在的温度
晴朗是天氣的象徵

最後一題我答：
"It is raining."

最後一塊心

一塊拼圖
遺失在童年
是誰
找到這塊迷失的過去
踏上歸途吧
填滿我心中的遺失

化驗

一吋吋的顫抖
一次次的抽搐
來自右心房的壓榨
緩緩前進

攤平
天外刺入一根吸管
大張其嘴
吸吮著退縮的紅墨汁
一口一口

人生如夢

急診室的出入口，出出入入
一隻隻蝴蝶
每隻蝴蝶都夢著莊周
每個莊周也夢著蝴蝶
每個夢是醒著的，醒著的也是夢
要繼續睡夢還是甦醒？

一隻蝴蝶飄起，從病床上
振翅
再去夢下一個莊周

同學曰：「又要請假」

前言

加填假卡的一格
告別上午的學校
放了自己一天的假
醫院出現的身影　是我
排著長長的隊
消毒水的氣味近了
注定今夜我的歸所
在這消毒水的故鄉
無法回家

（一）生化血清

眼看著吸血的實習醫生
逼近
最後一隻　看著
面前是一排白老鼠
等著輪到
自己被凌虐

（二）X光

偌大的空間
斷了線的恐懼傀儡
與怪獸對視
巨大的怪獸

逼近
鎖定
射出
一道無形光束
傀儡倒了
留下最後的白色雕像
供人研究

（三） 超音波

綠色的瓶裝冷洗精
推著掌上聲納
沿著贅肉的山丘
一寸寸偵測
地下敵軍藏匿的蹤影

（四）點滴

加工的鐵礦　鑽進　插入
表皮　真皮　直達地下血管
葡萄糖排隊
加入紅色的世界
意外發現自己的不同
在眼神的飛箭之下
穿心而亡

後記

手高舉袋裝葡萄糖
走在下了班的醫院
一盞盞明燈漸暗
孤寂是引導我回病床的
最後明燈
期待結束的歸途
人群後面的身影　是我

空靈

（11月9日，小雨，感冒）

一天的迷失、茫然
從早晨到傍晚
躺在床上
和鼻水討論維特的煩惱
心想
明天的日記
是高興？
是悲傷？

十五公分的距離

（11月9日，學校裡）

妳身旁的清香
正向我招手
但令我佇足的藉口已
一
個
個
離去
只剩下我和被我心跳包圍的
妳及清香

海洋禮讚

空中透露著海的鹹與鳴
我將些許包起帶走
用限時寄給
我想分享的人

風雨交加的前夕的這裡

在這尚未風雨交加的夜晚
思念將我吊起雲上
尋覓另一個期待
天明之心

風的秘密　水的心思

風帶來一封淡淡
的信，取代「以太」填滿這神
秘的宇宙；月亮傳下這秘
密的福音，告訴我
水邊有妳離去時
的倒影；然後輕輕烙印在我
心中最明顯的空格裡；回
思那封淡淡的信

註：以太(ether)：「以太假說」認為宇宙間非真空，
仍存在一名為「以太」的介質。但已被推翻。

唇上的滋味

在海邊散步著
唇上傳來的是海水的鹽
是午餐的鹹
還是妳昨晚留下的甜

原子筆

原地旋轉狂舞
體力筆直降下
耗盡最後一滴
白紙上的嘔心瀝血

值日生
課本
論詩
唐詩

鉛筆

削下筆直神木
露出記錄的尖端
在漂白纖維上
留下歲月痕跡

同性相斥，異性相吸

北半球的低氣壓
一個
……兩個
迎面或擦身
閃躲和迴避和害羞
牽制與誘惑與吸引與窺探
在藤原的攪局後
或舞起華爾滋
或轉身離去
或相視互繞而後
結合

註：藤原，指藤原效應，指當兩股熱帶氣旋互相靠近時，對彼此移動之互相影響。

燃燒・引力

我為茫然流星
來到天邊之際
妳就吸引我向前
擦過這世界的一角

平溪之必要

紙糊的鍋子
滿載著
搖遙遙搖
上面在祈雨
在國泰民安
在風調雨順
在萬事如意
在學業進步
在愛情順利
在……
中被一縷裊煙
緩緩蒸熟

夜中奇遇

緩步御風而行
風裹住衣
裹住我
黛安娜拉起
婆娑起舞的衣裳

註：黛安娜，希臘神話中月神的羅馬名字，也是狩獵女神。

PHILIPS
要佈置教室的人找学
師大附中90
90

少年維持的煩惱

（一）在月亮升起時起床

在放學時想，今天要上學嗎？
手攀殘月，從慧星上跳落學校
（快到了、快到了）

打開身上的染色體，
讀遍一段段DNA
（卻看也看不懂）；
每天「同位素」的中子，

撞成這1＋4＋1＋4＝8的課堂，
核分裂的連鎖反應，彈我回家中

（二）在太陽升起時睡覺

坐著滿載核分裂的空中花園，
（滿地壓爛炸爆的屍體與鮮血）
從巴比倫的學校回到家

打開泰戈爾的詩集，算數學
把明天要考的，一點點存進DNA

後天再删掉
（反正也沒用了）

喝下一杯咖啡，
將課本、小說、詩集鋪被在地上
橫臥和長眠
（睡吧！沒人會打擾你們）

（三）當太陽、月亮不再升起時
每天過著劇本上的日復一日
（是誰寫的爛劇本？）

不同的日子想著同一個人
撥開擋住月亮的陽光，
看看上面是否有人，
（還有我的位置嗎？）

每天靠近與遠離的循環，
我已厭煩
試著拔掉身上殘破染色體，
過過看月亮上不同的日復一日

夏午的西瓜

高舉幻想的光劍
變成夸父追上太陽

直直對準炎日
劈出二分法
兩紅半球
參雜一些黑子

盛入盤中

網

張牙舞爪是
一隻彩色大斑紋的蜘蛛
原地壯碩起來
然後逼近
亂成一片的線球
交
織
緊接著
纏住了過客
吞噬的慾望
滴涎
一口咬起
過客滿腹的膽汁

飛行

展開我背上的羽翅
從城林中揚起
天空極藍
雲是粉紅
灰灰的城市
我在空中展著白翅
而我的心事隨著從翅膀上掉落的羽毛一起飄落
飄向那不知是何方之處

月夜想曲

月光
鑲入自古最傳神的地方
扯下天邊一角
將妳包裹
翩然舞起，在這
月光下

消逝的空虛

閉上眼，運用聽覺、視覺、感覺，
感受任何物體的存在
讓心中如止水，但保留足以受感動的地方，
如同風吹過時可以激起漣漪
從感覺中將所有感覺抹去，
放任自己的感情無限飛揚
然後想像自己終有一天會死，失去一切
沒有陽光
沒有色彩
沒有黑暗
沒有聲音
沒有視覺
沒有感覺
沒有感情
沒有自己……
一切都不存在……

存在的價值與必要性

為什麼存在呢

有一個人，（是誰已經不可考了）
在某個颼颼的颱風夜裡
做了個夢，然後驚醒，然後又做了個夢
內容好像是這樣

第一個夢
我夢到我做了一個夢
那個夢裡我做了一個夢
我夢到我沒有出生

這個世界還是和現在一樣
但是，似乎些許不一樣

我不存在，是的，不存在
這個人還是我媽嗎？
這個還是我的娃娃嗎？
是否
一旦把我抽離了這個世界
那這個世界就不是我所知道的世界了
那麼
我活著、存在
到底有什麼用
反正我不存在也是一樣啊
世界依舊運轉

然後驚醒
看了看天花板
那裡有一根蜘蛛絲垂著
一直垂到我面前三根手指的距離

上面什麼都沒，連蜘蛛都沒有
似乎我是罪人
要拉著這根細絲找尋天堂

第二個夢
我夢到我做了一個夢
那個夢裡我做了一個夢
我夢到我死了以後

我還是活著
只是隨著記憶消逝
然後
還是依舊

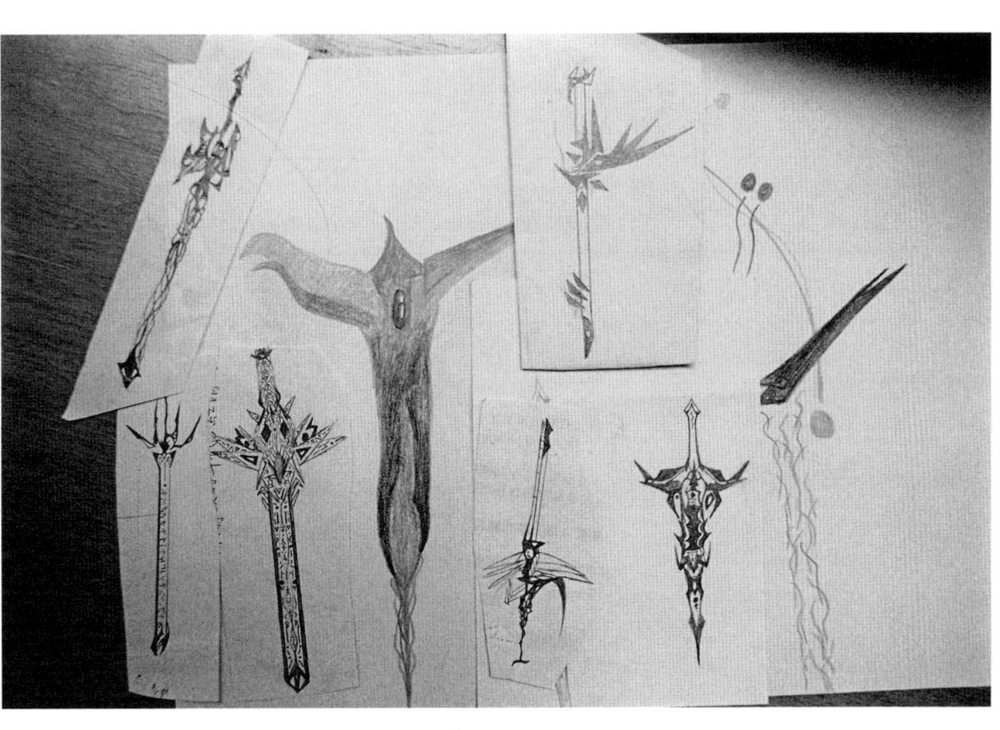

朋友

在一個小城市裡的小公寓中
住著一個喜歡孤獨與黑色的人
（或許是別人認為他喜歡）

他從小就喜歡自己一個人環抱著雙膝
坐在一個全黑的小角落，
享受孤獨與一份屬於他的黑暗
他認為：「不管發生什麼事，黑暗的角落總是他
最後一個歸屬，
而且永遠不會遺棄他。」
所以不管發生了什麼事他都擠進那個小小的角落

失意時……
他意識到，一個人再無助，現實也是一樣冷酷

所以他躲進沒有電燈的浴缸中，
讓黑暗裡的水流沖逝走滿腹辛酸
快樂時……
一個人是快樂不起來的!?
不！他在黑暗的世界裡找到了屬於自己的喜悅
是自己與內心的對話
那充滿了喜悅與驚奇

悲傷時……
孤獨是越益加深的自己，沒有任何人可以進入
黑色，徹底吸取了自古的憂愁，一點點釋放進
亙古的孤獨裡

失去時……
角落裡落下的淚，默默而無人聞，
面對黑暗的空間

想要的，再抓也抓不到，
現在不曾以後也不會再擁有了

擁有時……
躺在冰冷的地上，與自己和周圍分享
分享現在擁有時的記憶
實體的存在已不重要，因靈已留下
我真正擁有的是自己與記憶中的實體

回憶時……
一切都是美好的，縱然我坐在暗黑窄小之處
但心靈中的實體記憶卻
與孤獨的我談話、與自卑的心聊天
在全無的世界裡，透出一線曙光
他唯一的朋友是他自己的孤獨感

沈睡的人——初睜

有一個學生，他住在和大家一樣的城市樓房裡
也和所有的學生一樣去讀書
在三年的讀書過程中，前兩年
他和同學打成一片，他那時想這就是可貴的友情吧
他習慣付出，付出時間與心力
慢慢地他付出的時間與心力越來越多
因此他也沒有花時間在功課上。

就這樣渾渾噩噩的晃到三年級
一天這個學生坐在書桌前
看著窗户玻璃中反射的人

他是誰，好陌生的人
這學生突然感到一陣涼意，他想到
如果有一天我死了，我看不到這一切
我聽不到自己的呼吸聲也摸不到心跳
那是多麼空虛。

這時他想起他的朋友……
「我從認識他們後即開始付出
但我的收穫是什麼？我有得到基本的回應嗎？
我想出去玩，但永遠是我找人
這不是創造機會，而是求人
求人可憐我，陪我出來玩，陪我做他們想做的事
我的這些朋友都是想到他們，誰在乎過我？

我感冒沒去學校，也沒人問過。」

接著他想到了成績與未來……

「渾渾噩噩的兩年，我做了什麼值得我回味的事？

我做出了什麼？我為了什麼投入這麼多心力，在這些無意義的事上

我現在算什麼？功課一塌糊塗，也無一技之長

我未來可以做什麼？我有什麼能力？

我有什麼資格與人競爭？

我在幹什麼？」

最後他想到了某人……

「我總是幻想別人接納我，但是

我有什麼資格讓人喜歡我？

我一無所有，也一事無成

不!!

我不要!!

我要改變，我要突破現狀，我至少要有資格

有資格和人一較長短，有資格讓人接受我

有資格留下一頁璀璨的，在我腦裡。」

於是，他覺醒了，然後奮發的用功唸書。

就好像要把過去補起來一樣的投入。

奮

發

沈睡的人——現實

最後一年，一個學生開始擺脫過去
為了人生、自己、未來、或著是某人

開始努力後，第一次感到喜悅
他從暗牢裡探出頭，見到了黎明
那是真正的自己，他脫下了一層舊皮
搖身為一隻蝴蝶，展翅飛翔

他不同意自己是從平凡人變成天才
但在第一次成績單出現時，高掛榜上
別人終於對這個以前的爛蘋果，加以好評

他明白了第一個現實……

這是個紙筆與分數的社會，成績欄列出的就是一切

它可以使你從白痴變成天才

沒人會去在乎實質的內在

而都是看最外在最空虛的一張紙上的一個分數

而人一生的成就也只是一張張的紙，及幾個分數

在學校放了幾天假之後

所有學生都回去上學

但一切都變樣了，原本的天堂成了煉獄

原先推心置腹的朋友，都成了陌生人

原先下課會聚在一起聊天的人群

出現了一個被排擠在角落的人

他明白了第二個現實……

當你的成就及內在大幅提昇而沒及時更換環境
就會嚴重被排擠，成為一個環境所不容的人
除非你對其他人有新的利用價值
否則你就是罪人，人群不容的罪人
因為你已經離開了這攤爛泥
與這群人再也無共通點，無法溝通及理解

這是煉獄，就算它曾經是天堂
還有一學期的時間，這個學生就畢業了
從這個煉獄、這個回憶錄的一頁裡
好像不怎麼光榮的光榮畢業了

社鞋穿完請放
回櫃子裡、不然

ONESELF

帶著一世英名和臭名
忍住心痛，狠狠向過去
一刀捅下
濺出鮮美的血汁

儘管是躲在床下
是躲在衣櫥裡
是躲在抽屜裡
是躲在電腦主機裡
是躲在課本裡
是躲在冰箱裡

是躲在洗衣機裡
是躲在鑰匙孔裡
血鮮鮮的吸吮著空間

隱形是過去，是無限
無限是陌生，是未來

四個名詞在心裡肆虐
起因是：捅下的刀上有毒

毒在隱形
因為被毒害得隱形了
血滲著毒，吸吮陌生的空間

隱形在陌生倒下後
逕自站了起來
看看倒在地上陌生
的屍體
是隱形前
照了照鏡子
現在是隱形後

走過課本的字間
隱形走了
走過看不見的人的身邊

隱形關上了燈

等人發現
是對陌生的期待

但
陌生虛無的看著隱形說
「我……你……我……你……」
隱形也說了
「我要給你的是歡愉，不是……」
「不是過去吧！」
陌生接下去說

兩人似乎是一人
現在拿出武器，互伐

遍體鱗傷後，貼背而坐
在空房間的中央

「是恐懼吧」
兩人一起說道
「是恐懼隱形的無助吧」
「是恐懼陌生的無限吧」
「是恐懼隱形的離去吧」
「是恐懼陌生的留下吧」
「是恐懼隱形的恐懼吧」
「是恐懼陌生的現實吧」
「是的，是恐懼」

死神走向隱形或陌生
「請告訴我，誰是恐懼」
「是我，把我帶走吧」
隱形與陌生舉起右手說
「不，是世界的現實」
「是的，是我所眷戀的世界」
地上只剩一個坐著的人
不是隱形也不是陌生
「是的是我所恐懼的現實」
「走吧，和我一起回到虛無吧」
「是的，是虛無，是一切重新的地方」

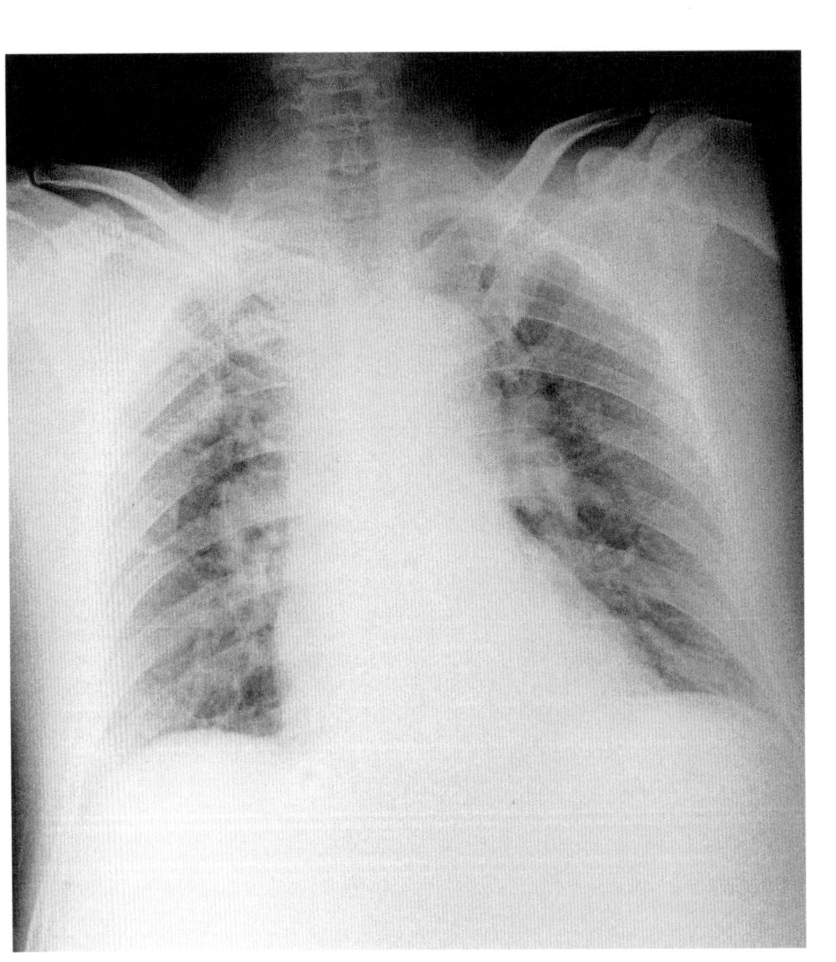

不存在

我不存在而是活著

只有「我」自己記得我的名字，但是我不想說出來
「我」是我唯一的朋友，
唯一認識我的人也只有「我」

據說我是一個棄嬰
（除此我也想不到更好的解釋）
然後嬰兒時期省略，因為我也不記得了
總之我活下來了

想像一顆石頭
咕嚕嚕的從街上滾過，其實那就是我

暗巷裡，一雙眼睛眨呀眨
看著一個個小孩投出、投入父母的懷抱

也許有一隻黑貓，也和我一樣
喜愛生活在暗處，任由眼眸閃耀

我的確活著，而且不會死亡

沒有人知道我，沒有人看得到我
但是人人都看得到我

的肉體
漸漸
我被也許被遺忘
（搞不好根本沒有人知道或是記得）
最後連我都開始遺忘自己
然後
不佔有也不賦予，人畜無害

日子一天天過去了
直到我和人或事或物建立關係
我也許就會老去
我就存在了
但那時
我就不是活著的了

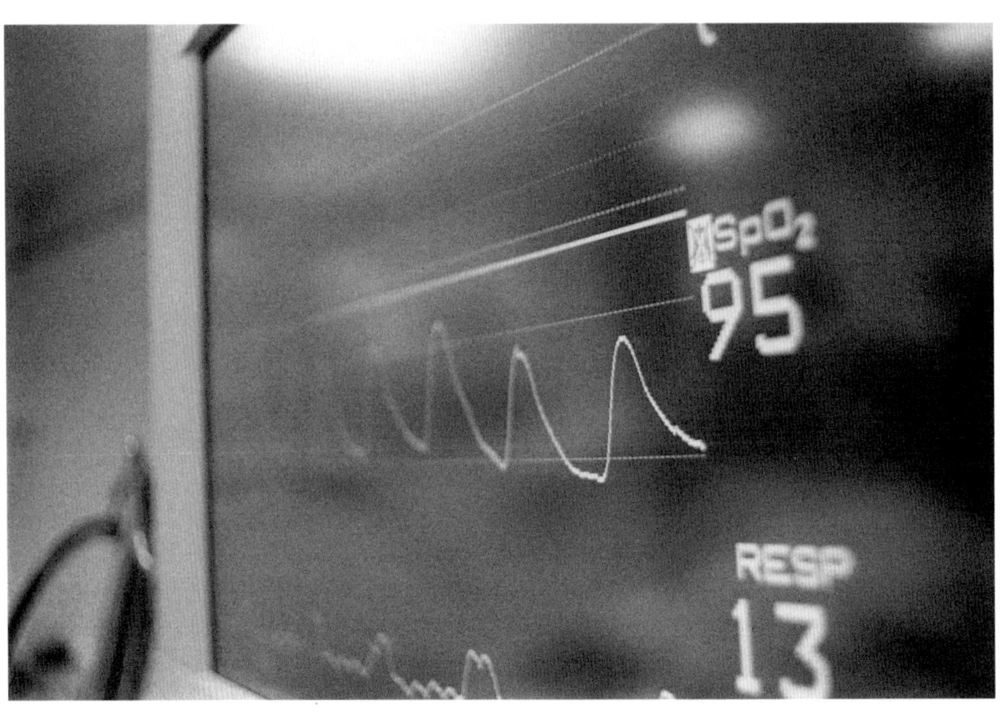
SpO2
95
RESP
13

小小的藥片

一劑一劑的藥下去
究竟類固醇是痊癒的仙丹還是令人暈眩的毒藥

有哪位名醫要告訴我這雙顫抖的手什麼時候才會停
只是不想力不從心，能讓我早早握起自己的碗飯
早上的點滴一直點到下午，止不住的頭暈
也隨著滴答滴答的點滴聲迴盪在床上

心臟啊，可愛的小心臟
你跳得這麼快是想要去哪裡啊？
還是病毒在你房間流竄，令你不能自己？
快停下吧！已經夠了
血已流乾了。
只剩下氯化鈉水溶液在我的血管裡遊蕩

喘

半夜驚醒
全身毛孔流出致命的鹽水

變成火爐
散發出100℃的煙
從瀕臨窒息的身體

伸出雙手　順著記憶
尋找失蹤的順暢呼吸

直至找到手上緊握的藥
向後倒回床上
沒了痛苦沒了尋找
閉上眼睛
黑暗重新將我擁抱

塌陷

心裡寸土粉碎
從孤獨擊出之後
自心中的中心
向四周蔓延
碎成一片狼籍的
粉末

孤獨

天上下著紅雨
窗台上倚靠著我的頭頸
心，伴著靈被紅雨沖走
天上的雲、太陽、月亮
一個個接著消失
等待窗台和一切都離去
如同等待閉上雙眼眼睛
等待自己也消逝，在這紅雨裡

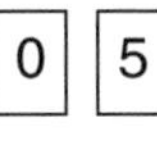

台北市南京東路四段25號11樓

大塊文化出版股份有限公司

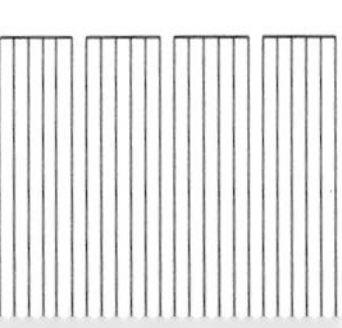

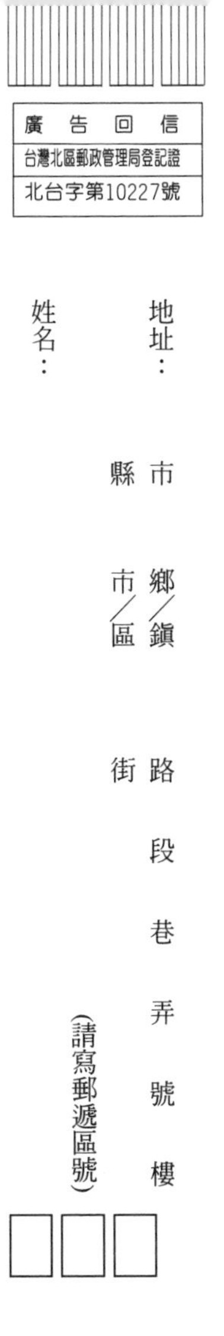

Future · Adventure · Culture

謝謝您購買這本書！

如果您願意，請您詳細填寫本卡各欄，寄回大塊文化（免附回郵）即可不定期收到大塊NEWS的最新出版資訊及優惠專案。

姓名：＿＿＿＿＿＿＿ 身分證字號：＿＿＿＿＿＿＿ 性別：□男 □女

出生日期：＿＿＿年＿＿＿月＿＿＿日 聯絡電話：＿＿＿＿＿＿＿

住址：＿＿＿＿＿＿＿＿＿＿＿＿＿＿＿

E-mail：＿＿＿＿＿＿＿＿＿＿＿＿＿＿＿

學歷：1.□高中及高中以下 2.□專科與大學 3.□研究所以上

職業：1.□學生 2.□資訊業 3.□工 4.□商 5.□服務業 6.□軍警公教 7.□自由業及專業 8.□其他

您所購買的書名：＿＿＿＿＿＿＿＿＿＿＿＿＿＿＿

從何處得知本書：1.□書店 2.□網路 3.□大塊NEWS 4.□報紙廣告 5.□雜誌 6.□新聞報導 7.□他人推薦 8.□廣播節目 9.□其他

您以何種方式購書：1.逛書店購書 □連鎖書店 □一般書店 2.□網路購書 3.□郵局劃撥 4.□其他

您購買過我們那些系列的書：

1.□Touch系列 2.□Mark系列 3.□Smile系列 4.□Catch系列 5.□幾米系列 7.□from系列 8.□to系列 9.□喬鹿作品系列 10.□其他

閱讀嗜好：

1.□財經 2.□企管 3.□心理 4.□勵志 5.□社會人文 6.□自然科學 7.□傳記 8.□音樂藝術 9.□文學 10.□保健 11.□漫畫 12.□其他

對我們的建議：＿＿＿＿＿＿＿＿＿＿＿＿＿＿＿

＿＿＿＿＿＿＿＿＿＿＿＿＿＿＿

渾濁的呼吸

哇哇落地之時
便已入了門
自此對它著迷
天天日以繼夜的練習
漸
漸
精熟
卻越來越沈重
直至吐出最後一口
氣

MARS

舉起戰矛，與拔出的劍
揮別維納斯與火神的
留戀和恥辱
穿起滲血與勝利的冑甲和頭盔
跨上戰馬揚起
赤紅的塵暴
從希臘盆地殺入奧林帕斯山

美神的誘惑

脫下沐浴沙龍
的是南極鏡
吸引浴血的北極矛
喔！別走
就算明天是與命運
搏鬥

最終神話，F·Q·W·T

伽利略放下這遠古望遠鏡，讓希臘神話
溜走，一個接一個；只剩一隻
烏龜，奮力扛起一圓的思念和
散裝的人類；潘朵拉不敢再從
天使手中接過那盒子；諾亞仔細聆聽著下次
平安走出方舟的……有人類嗎？

慶祝初次蹺家的晚宴

入夜後，是什麼在城市遊蕩呢
是高樓的魂在夢遊嗎
是霓虹燈在嬉戲嗎
是人潮在滾滾嗎
是機械在呼嘯嗎
是暗夜在沸騰嗎
是無星的天空在自省嗎
迷失的到底是在網咖的學生
還是在加班的上班族或是看著夜景的歸客
星敲著夜空，遙傳出迷人的樂
受到誘惑的人們啊
去到那屬於自己的方塊裡吧

也許會是明天

第三度空間的地球的規則運作，何時
停止
如同時間與沙漏的沙
何時凝結
凝結所發出的聲音
能不能聽到
如同緩慢的唇語
靜靜的不發出聲音
靜靜的寂靜
什麼時候會不再寂寞
如同歡笑四處兜售
兜售到每個不靠近這裡的地方

何時或停止
這一切寂寞的規則
何時會開始
兜售到這個地方

休止符

震天雷響的
輕輕一點，世界的沈思者
在這繼續沈思的
一瞬間
停止指揮棒，休憩

中附
中附

升記號

落井
一顆顆排列的豆苗是
石頭，落井後
拒絕沈淪污泥之中
順著
激起的漣漪躍升

水花也
驚嚇著叫出一陣陣
升高了的
音符

逆行

一個人坐在房間裡
面前的海洋
那浪頭
離我越來越遠
如同隨著逆轉的時針
一起和全身血液
由四周奔流回脆弱的心臟
再從歸零之時
重新出發

結束分裂

同時感覺
玫瑰花盛開的美，花刺自私的醜陋
一半的心漸白，另一半漸黑
左手的慾望是生存，右手希望滅亡
已經三天沒睡，而精神越來越好
渴望得到一切，與毀滅所有
右腦和左手想著昨天的甜蜜
左腦和右手憶起今天的痛苦
兩種極致，牽制、拉扯、幻夢
結束時，心中插入一把劍
淡淡的淌出血、淚
自從心中麻木，感覺無限封印
一切都夠了，停止吧
一切都歸零，然後結束
等待下一次不知為何開啟而開啟
再不知為何結束而結束

夜市

入了夜
在921之後的全倒旁
耳邊響起劫後的繁榮
發電機響起一盞盞的明燈
順流而下是時間的過客
帶走時間　帶走傷痛

歸

攤開　地圖
沿著紙上蜘蛛網
找尋迷失的目的地
闔起　世界的縮影
坐著記憶的光線

回家

提神飲料

一杯義式咖啡，入喉後
噗通的心跳讓
烤焦的神經元豆和著
腎上腺素糖漿以及思考牌奶精分子
經過腦折皺圍成的滾燙漩渦
　　　分
　分
　　　合
　合
至，剩一杯
意識咖啡

一個銅板

口袋裡
一個不會響
投出卻可講遍天下

黑洞

身體裹在衣服裡，完美發育
心卻一步步走向凋零
在一切足以毀滅一切時，往中心塌落
質量漸大，體積越小
在最後凝聚一點時
從感覺和知覺中爆發
隨即赤裸於衣外

想像

在一個人時，找一個舒適的姿勢，看看漆黑的天空
不要把眼睛閉起，只是抹除腦海中的視覺
在天空看起來即將消逝時，搜索記憶中的夜空，
用記憶去看它
在一片黑暗中尋找幾盞星光，用感情和感覺去抓它
當獲得時，找一個地方發洩，
然後就可以找回平靜的自我。

瀕臨

坐在沒有頂的車中
仰卧，看著天上的星空及夜空
看著一抹藍色的雲和一顆紅色的星
交織在空中，織成一個白色的黑洞
然後
捲起浪潮
將我的感情吸走
連帶感覺一起
消逝

電解質

一罐生理食鹽水搭配著一根針

我一步步走向你
鑽入你的血中，讓你向我搖尾
求我，或快或慢的沖淡你那污穢血液
愛上我吧！我是生存必需品！
儘管那銳利的，刺痛了你
也要委屈忍耐

我一口咬住你不放，好痛的快感
只是一條硬了點、尖了些的水管
壓迫你的不是我，是氯化納水溶液的水壓
我只是奉命黏在你的血管和手臂上

一根針搭配著一罐生理食鹽水

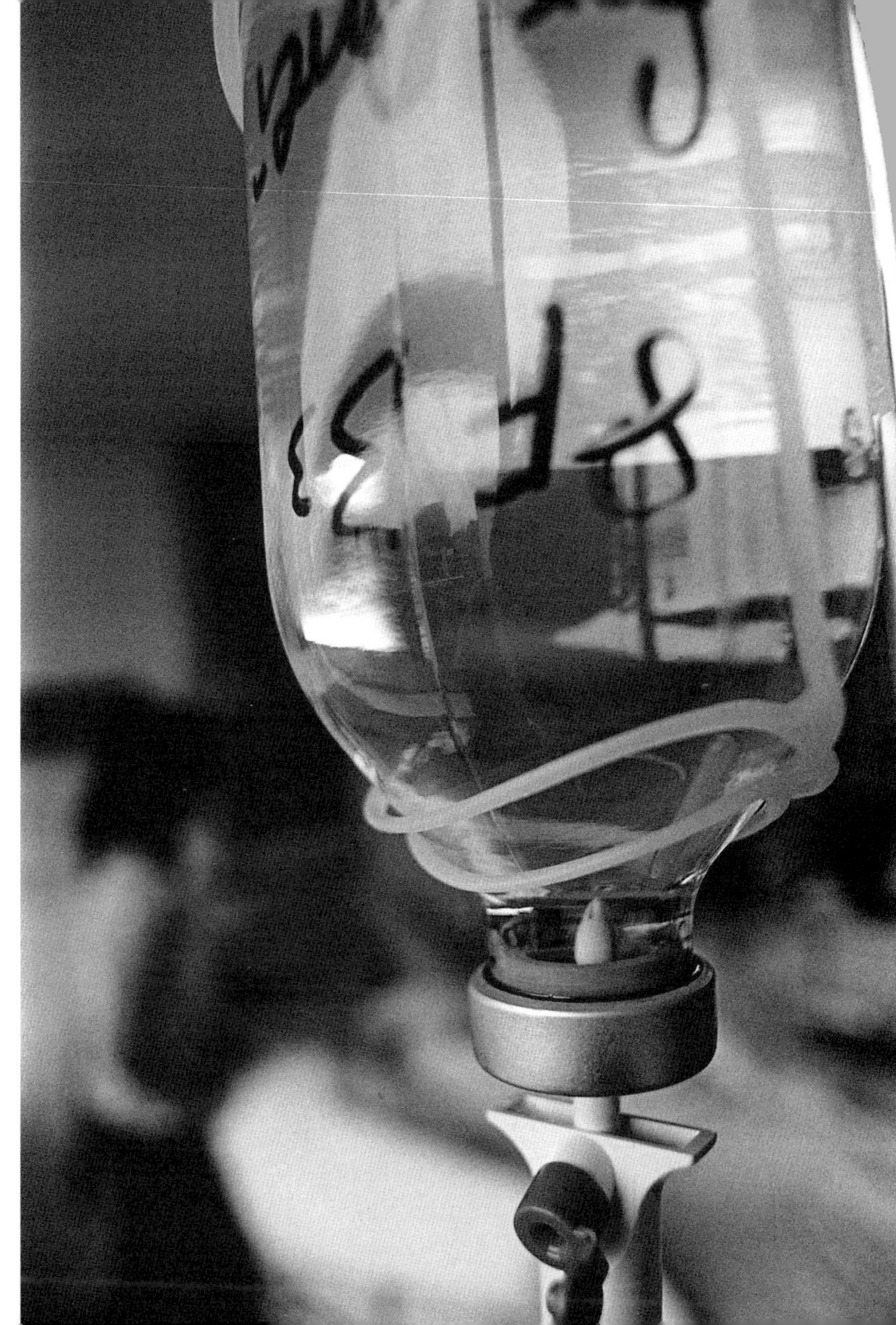

原始

生命之初，為何？
是無限的歡愉？悲傷？
亦或兩者皆否？
原始來自於自我，我亦有原始的心
思考原始的自我
然後時時改變，隨著感覺能量
改變原始自我

考古

穿越世界盡頭之處
從南極的冰山取
　　出沈眠的血淚
至赤道的炎日融
　　解成時空之鑰

窺探世界

視覺不夠
就算融入極限的聽覺及感覺
亦不可得也
少了關鍵，再多亦無效
心是溫床，培育一把把極致與不同的鑰匙
它的名字是「靈」

漂泊

靈
一滴滴遺漏在身旁
没有注意到而忘了撿起的人
心也一層層剝落
剝落成這鮮紅色廢墟
在這鮮紅色廢墟中住著我的靈魂
每天漂泊
隱藏在廢墟的一個角落
等待消逝

目不識丁

掀起小窗簾的一角
光子全都在玩躲貓貓
入雲的樓也害羞的
一下子就縮小到
不見
只有幾株膽大的小草留下
微微向我招手

臨別過去

走出心扉的最後一扇門
告別未來的影子
看到現在的遺跡
流連過去的夢想
飄向虛無的世界

安眠曲

耳邊響著妳的聲音
和我放的音樂交織成一片和諧的天籟
一個人在房間裡
已是入冬的深夜
我踱著小碎步，一步步走近床
然後將燈關掉
就此失去了
視覺
聽覺
嗅覺
任由我的感情和情感在這一片黑暗中奔放
慢慢躺進棉被中
閉上眼，任由觸感帶著些許情感，消逝

星空的太陽

左手抓起觸感
一顆顆放出星空的星
右手讀取記憶
蹂躪左胸的心
插入
拔起
拋向幽空，濺出血與紅的雨
定在這星空之中的太陽
是照耀我的世界的心

1
2
3
4

時間限制與雙手的努力

身為一個第一屆基本學歷測驗的實驗品
我應該努力唸書，做好一個實驗品，
在有限的時間裡。

不過我卻不是好小孩，我心不在焉，沒有好好唸書
只剩下有限的兩個月，我卻花時間找尋自己
要挖出自己的寶藏，建立我的王國。

我也耗費相當多時間在舔舐我心靈的傷口
並不是不要它好起來，而是要刺激我
將手深入其中獲取心靈深處的寶藏
無形中我耗掉了好多時間。

人的成就是用心去堆積，其中靠雙手去實踐
而我這個已無多少時間之人
卻使用雙手撫摸自己的心靈
使用雙手去滿足我生存的慾望
而不是照著大人們的希望
努力用功唸書，取得文憑

或許

我們的確是在一個有限的時間
但那不是自己或他人設的限
而是自然與生命的限定，那才是時間的終點
那才是值得我們用雙手去努力的。

禮義廉恥

無限

人腦只不過是一盅化學湯，但這鍋化學湯
造就了一切的一切
觸感、視覺、情感、動作
這些無形創造了我們
但這鍋化學湯總有一天會完成反應
直至那天，我們才會發現
人生最重要的是留下了什麼
其次才是過得如何
而不管留下的是什麼

未來未知

知覺失去知覺後
劃破腕上的動脈是什麼感覺
是孤寂嗎？為了自己被放逐而覺得孤寂嗎？
是悲傷嗎？因為預知自己將消逝而悲傷嗎？
將劍刺入心中是為了什麼
歡愉嗎？歡愉自己將告別，告別散出的自己？
還是期待？
期待自己，亦或別人會為此而悼別你？

影

每當夜幕漸垂，我就期待他的出現
出現一次是十天，或更久
我永遠也不會知道下次是何時
我只知道我是他、他是我
而他出現時，一次只露出一點點

自出生我與心即為一體
卻同時有兩面，外在、內在
將我獨一的心染得一面雪白，一面灰黑
我為雪白的光（但卻更為黑暗）
他是灰黑的影（卻引導一切光明的出現）
我們同名同姓，共有一個肉體

就和每個人一樣，不管他們自己發現了沒

當我創作、書寫自己時他就出現
我知道他的心（也是我的心）轉過來了
原本白色的心轉了些許，露出一點黑
此時，我神遊，神遊自我並與他交談
再用雙手記錄我們的談話
這即是我的創作、我的生命

或許有一天，他會露出全部，讓我明白
他就是我、我就是他
這顆心的兩面是一樣的

故事，帶我飛向遠方的翅膀

藍色的最後記憶

天空正藍，我從海邊的沙灘上醒來。

海水這麼鹹又這麼藍，躺在這藍天下、藍水旁的人是我。

可是，我是誰？我努力的回想，想記起一些過去的事，但我一點也記不得了。

我站了起來，從這個海灘站起，茫茫然向前走。

天空正藍，我從海邊走到了市區。

來來往往的人對我總是視若無睹的樣子，對其他事也漠不關心。

身上除了濕透的衣服什麼都沒有。

天空正藍，看著太陽快至頭頂了，肚子一直催促我進食，受不了了，我找了一家麵店。

「老闆……我沒有錢，可是我已經幾天沒吃飯，可不可以給我一點吃的？」

「什麼？沒錢？沒錢想吃麵！滾開，別打擾我賣麵！」

一天後，我又茫茫然的走回海邊。

好餓，好累，現在連和野狗搶剩飯的力氣都沒了。

天空正藍，前面有一群人，對著海叫嚷著。

似乎有人溺水了。但城市的冷漠似乎感染了我，我好平靜的從旁走過去，卻又忍不住多看了一眼。

一個小男孩，應該是自己玩水不小心吧。

他越漂越遠，卻沒有人敢去救他。

算了吧，我沒辦法像這城市一般無情。

我往海裡一跳，向前游著。

我抓到他的手了，岸上不知是誰丟下一個綁了繩子的救生圈。

我用力把無力的小男孩塞進救生圈。

岸上的人把他拉上去了，卻沒有一個救生圈再丟下來。

天空正藍，海水也是藍的，深深吸入最後一口氣。

嗯……它的味道也是藍的。

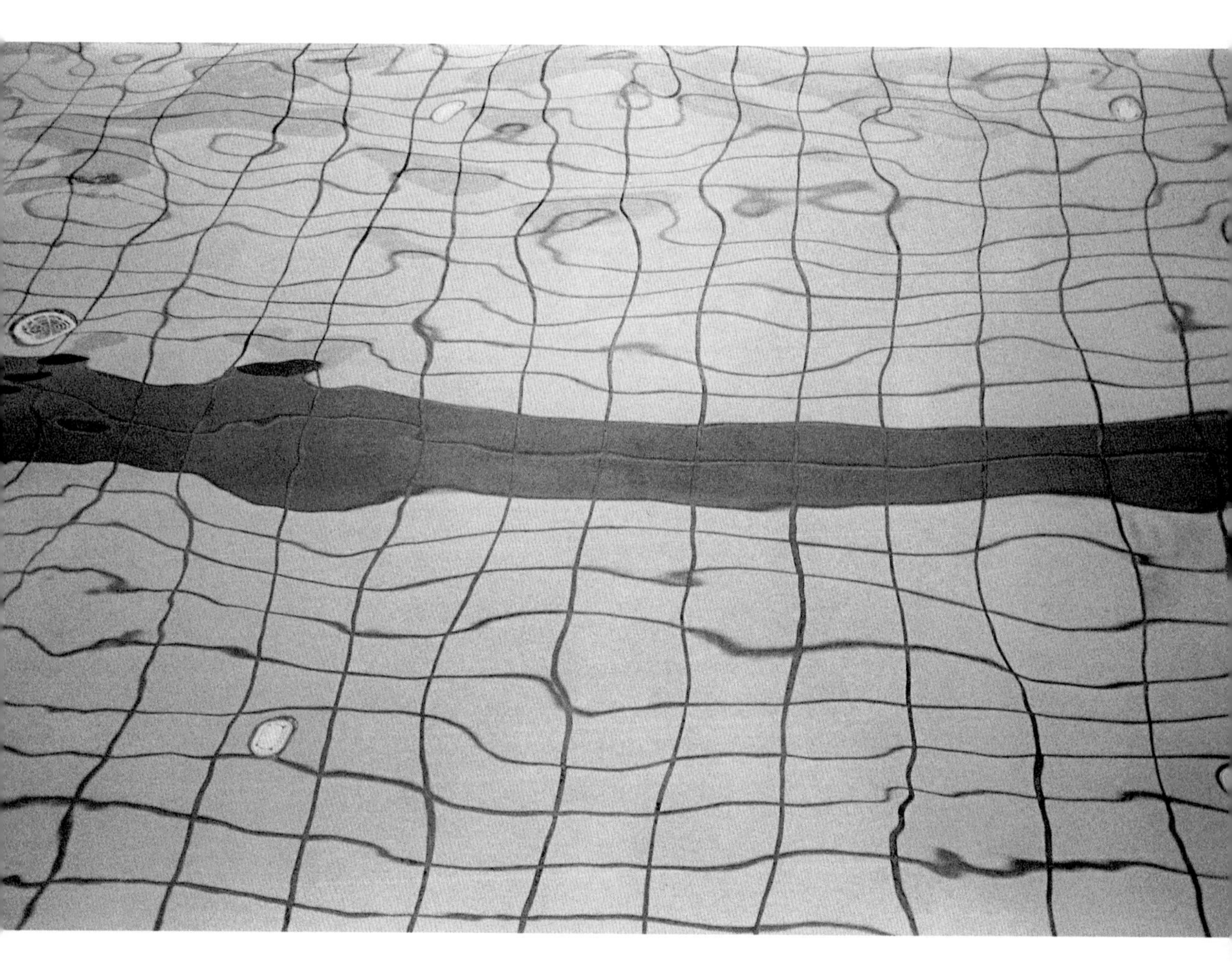

天堂之光

因為患了重感冒，我已經失眠了兩天了，當初去游泳太不注意了，忘了上岸後取暖的重要，還自以為身體健康沒差啦。

今天我留在家裡看看能不能睡著，下午郵差送來了一個包裹，雖然很累，但我還是下樓去收。

這個包裹除了收件地址，其他一律沒寫。

我慢慢打開它，裡面只有一顆用夾鏈袋裝的藥，和一張紙條，藥是天藍色的上面刻著〝FLASH〞。

紙條上寫著：「歡迎使用本公司最新開發的感冒藥，保證服下可以好好睡上一覺，而且藥到病除！」

雖然我很疑惑這是什麼，但我還是吃下去了。有可能是朋友幫我買的吧！

吃下去幾秒後，我感覺好像有什麼不一樣了。

突然，我眼前白光一閃，房屋突然不見了，我站在一片極白的草原上，白色的樹，白色的草，我還可以感覺到這裡的暖風也是白色的。

一道暖暖的風緩緩吹過我的身體，我的身體漸漸被漂白了，越來越白，和四周逐漸融合在一起。我漸漸分離了，分離成無數的我，散落在這白色草原。

天空上不知從何處飄出一片紅雲，它飄到我上面，滴落一滴紅色的雨。

在那滴雨碰到地上的一瞬間，我看見紅光從雨滴中爆開，就在紅光圍住我全身時，我看見全身各處附上了一層紅火。我卻不覺得熱，反倒有點涼爽。

忽地。

草原化掉了，我掉進了一片黑暗中。等我站定，四周又亮了起來，一顆顆著火的星球，圍繞著我前面的一顆暗紅色大星球，公轉、自轉。

它們公轉時，一下呈半透明一下呈完全透明。自轉時，有時向左，有時傾斜。

這時一顆極小的行星繞到我前面停住，我伸手去觸碰它，瞬間，我覺得我的靈魂和肉體都被它吸進去了。

我看到眼前一片火海，我身在其中。

我的心跳突然強而有力的震了兩下，我又回到那一顆暗紅色大星球旁邊。

五秒後一顆著藍色火焰的慧星，往那顆暗紅色大星球衝去。

在擊中的一剎那，所有的行星都停止了，它們全被凍成藍色，包括他們上面的火焰。

現在一群冰浮在空中，只剩那顆極小的星星，還是紅色。

我伸出食指，再次觸碰它。

瞬間，所有的冰都變成粉碎，一道藍光從四周放出，再一次將我包圍。

藍光一閃即逝。

我躺在床上，盯著天花板。

嗯……好舒服，感冒好像好了。

暑假

海面上吹起一陣海風，吹進海邊的小木屋。一個穿天藍色T恤的女孩坐在門口，一臉平靜的看著碧海。

這年夏天我和室友到墾丁度假，認識了她——一個看著海的女孩。

＊

我出生在人聲鼎沸的的台北市，因為是獨子，所以從小家人對我的照顧幾乎到了無微不至的地步。

但六年前我國二時，爸爸去法國看爺爺，結果病死在當地，爺爺因為難過不到半年也跟著走了，留下大筆遺產給我和媽媽。

媽媽一個人在台灣把我帶大，直到我考上大學時，一天下午我回到家看到家裡沒人，只見媽媽留下一封信，告訴我要去法國找爸爸生前住過的地方，在那裡長伴爸爸。

所有的錢都留給我當學費、生活費。那刻起我好像孤兒，一個人在台灣。

我住到學校宿舍，原來的房子租給別人住。

＊

「小洋，我們這暑假去墾丁玩好不好，我舅舅在那開小旅館。」宇洋，我的名字。

「……再說吧。」「什麼再說吧，要就要、不要就不要，乾脆一點！」

「好吧，去休息一下也好。」承星，我的室友兼好友，個性乾脆，又有一張英俊的臉。

暑假開始一個星期後，我們坐著火車到墾丁。

「怎樣，我舅舅的旅館不錯吧？」

「還可以，不過……為什麼是我一個人住雙人房？而不是我們兩個。」

「講那什麼話！我是為了你耶！想想看如果你交到女朋友，要把人家帶回來。我要睡哪？還不如一開始就準備好。」

有這種朋友也認栽了。

「真謝謝你唷！」

「好冷淡喔，這是我為了你才精心設計的，也不好好感謝我。」

受不了，真想靜一靜。

「別跟著我。」我拿起外套推開門只留下一句話。離開旅館時還可以微微聽到「什麼嘛，真是無聊。」

下午四點的墾丁，有點涼意。

一個人走在不認識的路上，只知道是往海邊走去。為什麼我會到這來？到底要去哪？未來要做什麼？我活著有意義嗎？一路上想著埋藏已久的問題。

走到海邊，坐在海岸的石頭上，看著陌生的海。心裡升上一股懷念的感覺，像上輩子來過一樣。大海伸出雙手擁抱我，使我的心漸漸平靜下來。

站起身，走沒兩步，感覺遠處好像有人在呼喚我的靈魂。

不自覺的往那方向走去，一個穿天藍色T恤的女孩坐在一間小木屋門口。她深咖啡色的眼珠凝視遠方，好像可以看透一切。

我走了過去，找了一塊最接近她的石塊坐下。

「有什麼事嗎？」

「沒有，只是好像有個人帶我到這裡。」好像沒有回答的樣子。

沒想到她聽著竟笑了。只是她仍然看著海。

「你覺得海給你什麼感覺？」十分鐘後她忽然問起。

我愣了一下。「什麼感覺？……就像天使一樣吧，給我很平靜、溫和的感覺。」

「天使嗎？我覺得比較像小精靈一樣，可愛俏皮。」

或許吧。我心裡這樣想。

她慢慢站起來，走進屋裡拿出一盤西瓜，並遞了把叉子給我。

「吃吧，別客氣。早上才買的。」雖然不好意思，但我還是吃了一點。

我們一邊看海一邊聊天，直到天色變暗，星星探出頭來。

「我該回去了。」我站起來拍了拍褲子。「我們還會再見面嗎？」

「或許吧。」說完她也站起來，看了我一眼，淡淡一笑走進屋裡。

剎那間我的靈魂被她帶走了。

＊

直到要回台北那天，我都沒再看到她。

「火車進站了，走吧小洋。」

「嗯。」

我從椅子上站起來，突然看見一個熟悉的背影，從車站外走過去。

「啊！承星，你先回去，我還有點事。」丟下這句話後，我不顧一切的追了上去。

「喂！回來呀！」「你車票不要啦！」接下去還有幾句話但太遠了聽不到。

眼看她走到附近停腳踏車的地方，騎上一台銀藍色腳踏車。我加快腳步衝上前一把拉住車尾。

「終於追到你了。」我邊喘邊說。

「是你！有事嗎？」她驚訝的看著我。

「沒什麼重要的，只是想再回到那裡看一次海，可是找不到路。」

「我家？」

「對就是那裡，想再去看一次海。」

「你就為了這個追我？」

「對啊。你告訴我路我載你去。」

她小聲笑了出來。「你還真是可愛。」

可愛？第一次有人說我可愛。

就這樣我又留在墾丁，而且和她的感情也更好了些。

我留在墾丁兩個禮拜了，白天我們看海，訴說對生命的熱誠、對生活的理想，晚上我睡在小木屋的客廳，她睡裡面的房間。

「小洋，你以後想做什麼？」

「我想在澳洲買下一塊山地。」這是我國小的願望，不過現在又被翻出來。「然後在上面蓋一個小小的牧場，養幾條狗幾隻羊，冬天就和我的動物們在屋裡取暖，夏天就帶牠們在牧場裡散步吃草。沒事擠擠羊奶應該也生活得下去。」

「真好……你也要帶我去喔，只要我……」

「只要妳什麼？」

「沒有，隨便說說。」

今天晚上我們靠在一起看星星，和往常一樣。

「小洋……明天帶我去台北好好玩一玩好不好？」

「啊？為什麼？」

「別問那麼多啦！帶我去好不好嘛！」她一反往常的求我。

也好，我們就一起上台北吧。好久沒回去了。

那時暑假只過了一半。

她今天特別打扮過的樣子，淺藍色的運動短衫、長裙，身上也像噴過香水一樣，走過的地方都留下香香的味道，臉蛋粉白得像是透明的一樣。

第一次覺得她像天使一般可愛。

「不要一直盯著我看嘛，亂不好意思的。」她臉紅著從椅子上站起來。

「對不起。」我羞愧得臉上都熱了起來。

「第二月台往松山的莒光號要開了，要上車的旅客請趕快上車。」廣播這時響起。

「哎呀！火車要走了。快！」我拉著她的手往第二月台跑去。

火車上，她靠在我身旁睡著了。我則興奮的考慮著到了台北要帶她去哪裡玩。

台北火車站到了，我搖醒她。「到了，起床了。」

「嗯……到了喔。」

我照我計畫好的開口：「我們去……」她突然插了進來：「先去華納威秀看電影，再去西門町逛街買衣服，最後去喝咖啡，怎樣？計畫得不錯吧？」

原來她早就計畫好了，白費我一番苦心，也不早講。

坐公車到華納威秀，她挑了一部文藝愛情片。一個人從頭到尾哭得希哩嘩啦，我卻坐在一旁看著她，看她哭、她笑、她的一舉一動。

電影散場了。

「真好看，下次再來看吧。」

「好，下次再和妳一起來看。」

「和我？」

「對和妳。」

「好吧，下次再說，現在的目標是咖啡廳。出發！」

今天，西門町裡的店，我們每一家都逛過了。

看她有點喘很累的樣子。「要不要休息一下？」

「不用了。我們去喝咖啡吧。」

真像一個小孩子，好像一輩子都沒玩過的樣子。

「可是看妳好像真的不行了。」看她一直喘氣、臉色蒼白。

「不會啦，我們……」話才講到一半，眼前的人卻慢慢軟倒下去。

我一個劍步衝上前抱住她。「怎麼了！醒醒啊！」

「怎麼了？別嚇我啊！」輕輕搖著她的身體，卻怎麼叫都叫不醒。

我急忙招來一輛計程車。「去臺大醫院快點！」

「嗶——嗶——嗶——」看著她躺在加護病房內，臉色蒼白得像紙一樣。我靠在外面的玻璃窗上。

她的主治醫生告訴我：「她罹患了血癌，是末期。」

「血癌？」我一下子無法接受這個事實。

「你不知道嗎？她沒告訴你？」

「她……還有多久可活？」

「除非有適合的骨髓，否則過不了半年。」

我沒有哭出聲來，但眼淚一直流個不停。順著我的臉頰滴落在地上。

有個人突然把我拉開。「啪！」打了我一巴掌。

「……都是你……要不是……我女兒也不會……」好像是她媽媽，但我看不清也聽不清。

＊

兩個月後我休學了，收拾好自己所有的行李。我搭上一班往澳洲的飛機。我再也沒有看到她。

半年後，她家人告訴我她已經死了。雖然我不相信，但終究還是信了。

我現在在澳洲的一個較偏遠的地帶開了一個小小的牧場，裡面只有羊和狗。

一年後的冬天，下著小雪。我趕著我的小羊進屋子裡。

「小洋……」遠處好像有人在叫我？

好像是她，算了，是幻覺吧，我告訴自己，但……還是抱著一絲絲希望抬起頭來。

我還沒反應過來，那個穿天藍色T恤的女孩已經奔進我懷裡。

我臉上流下兩行清水，不知是雪……還是淚……。

我知道……她等到骨髓了，她活過來了，她來找我了。

我們環抱在一起，在我們的牧場裡。

日子是一頁頁被風吹開的筆記

Matlab_VB
SPE 2000
Liero133
RealPlayer Basic
Microsoft Outlook
Twmj
Music
Real.com Guide
English
NetAnts
捷徑 - Toco
新增純文字文件
mom's
FPE 2000
Norton SystemWorks
大塊詩文排序
Mars
MSN Explorer
ICAPdemo1...
PacketSiTE Lv.5.14
免費的 2
Outlook Express
行事曆
WinZip
聖劍

88/9/3

最近真倒楣，不是踢到門檻，就是被東西砸到。'～'
正是所謂「禍不單行，福也不見得會雙至」。

88/9/7

經過這次做童軍小隊旗、日誌等等，
人生在世真不應該期待別人，
每一個人對事不關己的事都漠不關心。
如果要完成事情，還是自己來吧!

88/9/16

教師節徵文!? 大人怎麼那麼敷衍？
明明知道學生寫出來的十之八九都是虛應了事，
你們看了卻又那麼高興。（也不知是真是假）
雖然我也投了但想想還真是無聊、虛假！

88/10/09

當一個人不要唸書時，理由總是隨便找都有。
但如果一個人真正要唸書時，理由也是滿地找都有。

88/11/3

最近去公家機關申請一個證明，
我體會到「有『禮』走遍天下，無『禮』寸步難行」這句話的真諦，
也瞭解到「人際關係」的重要。

88/11/11

最近天天午休都和她去電腦教室「練功」，
我是要參加電腦繪圖；她是要參加網路作文。
真希望日子就這樣停住，停留在這一段美好的時光。

88/12/6

今天段考完，我本來和一些同學要去世貿看電腦展。

結果！結果要出發時他們一個個都說「突然有事，改天再看看」。

最後只有一個人和我去，算了每個人都有自己的一片天，

何必去勉強呢？

88/12/10

台北世貿電腦展！?

大部分的人都認為他們會特價吧。

其實不然，除非很會殺價，否則就不要去。

要不然還是逛逛就好。

89/3/6

學校要選各年級模範生，說實在我很想做得轟轟烈烈。

不過沒人配合，所有人都事不關己的樣子，

一點榮譽心和團結心都沒，

連要競選的模範生都是，一副懶懶散散的樣子。

只有我一頭熱，卻又沒人幫我，叫也叫不動。

現在的教育真是成功啊！！

89/3/27

我們的天才老師們，拜託！！

明明知道考試錯的罰抄根本沒意義，

還要我們一遍遍的寫，

這樣只是佔用掉我們的時間和生命來做無意義的事。

89/4/27

今天天空下著小雨，放學後我和同學在樹下猜拳，

輸的人要站在樹下（不能撐傘），其他人用力踢樹，

嘩啦啦啦，好爽，我們全身都是水。

89/5/2

放學時，走在半路上，
突然發現錢包放在教室，
只好衝回去拿，教室空無一人。
我沒有鑰匙，只好努力搖窗户，希望可以搖開，
結果四面窗一共搖了八次，才發現門沒鎖……

89/5/11

這次段考剛好超過標準一分，是目前我考最好的一次。
除了運氣不錯，這也證明了努力是有回報的。^^

89/5/20

這次的作業明明是要大家一起完成，
為什麼變成我一個人要做？
你們這群男生！到底是不是男人啊？這樣就嫌麻煩？

出是糾察

89/5/21

「塞翁失馬，焉知非福」。

雖然我一個人要扛一個作業，

不過卻因此可以和她一起去淡水，

老天爺還是眷顧我的。^^

89/6/30

雖然不是為了我要唸書，但是我家的電視機被封印了。

再見了我的卡通、電動和肥皂劇。

89/9/4

補習！！我這個不補習主義者竟然去補習了！?

為了考試和她，去補習好了，去補習，

補到自己考上高中或掛掉為止。

89/9/7

幾百年沒用過手動的針筒（要拉的）抽血了。

今天用手動的針筒抽，差點痛死，有夠要命。

89/9/12

我這時坐在海邊的石頭上，妳應該在唸書吧。

雖然明知不可能，但我總是懷著期待的心情。

希望和妳一起看這海水，聽這海鳴。

89/9/20～22

畢業旅行開始到結束，這是我離妳最近的一段時間。

雖然只有短短三天，我非常努力留下妳的一舉一動在腦海裡。

我總是找盡各種機會和藉口，靠近妳。

只要心思細膩的人都可以很明顯察覺到。

這是國中的最後一次班級旅遊了，我留下足夠我懷念的了，

妳呢？

SONY

89/9/25

上了三年級，大家的關係都變得好複雜喔。
甲喜歡乙，乙喜歡丙……
大概是只剩一年了，現在不說就沒機會了。

89/9/28

這次教師節我們班展現以往從來沒有的團結及向心力，
一個早上就募集到一千多塊。
最後下午我們叫了兩個蛋糕，祝你們教師節快樂。

89/10/09

我發現世界上沒有絕對的事，對自己要有信心。
而且不只要對自己有信心，更要對別人有信心。

89/10/12

我的願望達到了，
第一步就是要考贏她——班上的第一名，
才有資格談其他的！！

89/10/16

最近班上有幾個人開始傳我喜歡妳的事。
妳卻因此對我不理不睬的，有點難過。

89/10/21

我現在最大的創作靈感是妳，
最大的唸書動力也是妳，
對我來說妳已經影響我整個生活。
但是我也越來越瞭解，維特的煩惱與痛苦。
（請參考《少年維特的煩惱》一書）

89/10/27

老師今天在聯絡簿上說:

「愛情是美好的，但若心智不成熟，將會使人心胸變小，

眼光狹隘……」

也許我該聽聽老人言了。（我們老師並不老）

89/11/04

今天我在生什麼氣我也說不上來，

一部份是氣同學，還有一部份是因為妳，

不是氣妳而是氣我自己。

結果妳晚上打電話來時，

（當然，上國中最生氣的一次，連在妳面前都克制不住）

說到我今天生氣，妳覺得很可怕。

我第一次氣成這樣，不過也會是最後一次。

（因為妳都說了很可怕，我就好好改一改吧。）

89/11/11

今天是周休，我們仍然要去補習，（因為考試考爛了）

我們同時可以離開，

妳大概快我幾秒走出補習班吧。

但是我一不留神，妳就不見了。

雖然沒有多大實質意義，但我知道我一定要追到妳，

只是為了不想失落掉這份心情。

一開始我猜測妳走左邊回家，

但是我繞了一大圈回到補習班前後，（大概也有500公尺以上）

卻在補習班隔壁幾間的書店裡看到妳。

雖然我找到了，

但我卻沒和你說話，只有打招呼……（小失望）

89/11/13

今天家政課，我們同一組耶！！
好幸福喔！^^（雖然只有三節課）

89/11/16-1

體育課時妳叫我去幫妳們打球，我好高興。
但是我也太沒膽量了，居然沒有好好把握機會。
大笨蛋一個。

89/11/16-2

妳今天被弄哭了。雖然我想去安慰妳，但是怕妳尷尬。

89/11/17

知識就是力量！！

我越來越相信這句話，一個人有知識，

別人會跑來請教你，

接觸人的機會大，可利用的機會就多。

別侷限自己的視野！人的潛力是無限的！

90/00/00

未來等著我，

那兒有家庭、事業、朋友和家人。

不管現在如何，好好活過每一個今天。

未來在每一個明天等著我。

國家圖書館出版品預行編目資料

新少年力量／郗昀彥著.
— 初版 — 臺北市：大塊文化，2002［民 91］
面；　公分.（catch: 52）
ISBN 986-7975-53-7

859.3　　　　91016636

LOCUS

LOCUS